有你 有我

文·圖／莉莉·拉洪潔 Lilli L'Arronge
譯／黃筱茵

我高

你矮

我扮乳牛

你扮小豬

我射門

你得分

大親親送你

小親親送我

我捏餃子，你搓湯圓

你傻瓜，我呆瓜

我吃大香腸，你吃小香腸

你唏哩唏哩，我咕嚕咕嚕

噴射尿尿　　　滴滴答答

我坐大馬桶，你蹲小馬桶

我累倒，你大鬧

你好開心，我喘吁吁

我強壯，你力氣小

我想睡覺，你蹦蹦跳

我有冰淇淋，你有超級冰淇淋

我踩水花，你踩無敵大水花

我蓋泡泡宮殿，你頂雲朵

我做夢，你夢想

我後座，你前座

你哈哈笑，我長個包

我變落湯雞，你在車裡休息

我有泡泡襪，你有聖誕襪

你乒乒乓乓，我腦子亂轟轟

我畫直線，你畫圈圈

我釣大魚，你釣小魚

我坐椅子，你坐板凳

我的玫瑰又高又壯

你的玫瑰含苞待放

你穿小內褲，我穿燈籠褲

我忙得很，你閒得很

你放聲哭，我大聲叫

你：我要我要！我：不要不要！

你付銅板，我付紙鈔

我很聰明

你更高明

你哭哭，我抱抱

你受傷，我包紮

你開小車

我開貨車

你高，我矮

你是我的，我是你的

一切如此美好！

文·圖／莉莉．拉洪潔 Lilli L'Arronge
譯者／黃筱茵　主編／胡琇雅　美術編輯／李宜芝
董事長／趙政岷
出版者／時報文化出版企業股份有限公司
108019台北市和平西路三段240號七樓
發行專線／(02)2306-6842
讀者服務專線／0800-231-705、(02)2304-7103
讀者服務傳真／(02)2304-6858
郵撥／1934-4724時報文化出版公司
信箱／10899臺北華江橋郵局第99信箱　統一編號／01405937
時報悅讀網／www.readingtimes.com.tw
電子郵件信箱／ctliving@readingtimes.com.tw
法律顧問／理律法律事務所　陳長文律師、李念祖律師
Printed in Taiwan
初版一刷／2016年4月1日
初版四刷／2021年11月24日

採環保大豆油墨印製